DESCRIPTION DE LA MALADIE DE LA MORT ET DE LA VIE

DE MADAME LA DVCHESSE DE MERCOEVR,

Decedée en son Chasteau d'Anet, le 6. Sept. 1623.

A PARIS,

Chez IEAN LIBERT, ruë S. Iean de Latran, deuant le College Royal.

M. DC. XXIV.

ã ij

A MONSEIGNEVR

MONSEIGNEVR

DE VENDOSME.

MONSEIGNEVR,

Mes affections ne m'ayans faict embraſſer la Medecine à autre fin que pour les faire conceuoir des moyens qui peuſſent eſtre portez iuſqu'au terme de vous pouuoir vn iour ſeruir vous & les voſtres ; ma naiſſance en voſtre Vendoſmois me contreignant de rendre tous deuoirs à celuy qui en eſt l'œil & le Soleil, le Prince des plus hauts & puiſſans d'extraction, d'eſprit, de vertu, de grandeurs, de charges & de moyens qui ſoient en l'Europe ; apres auoir attendu que voſtre benigne chaleur & fauorables influences & aſpects

ã iij

vinsent à faire auancer leur maturité & per-
fection, voicy que sur la fin de l'esté dernier
vous les fistes esclore en la necessité de secourir Madame la Duchesse de Mercœur
en sa maladie , reputant ce seruice rendu
comme à vous mesme, pource que vous la
cherissiez, aymiez, & honoriez autant que
vous mesme & autant qu'elle vous carres-
soit & affectionnoit, dequoy nous auons veu
la preuue , recogneu les tesmoignages , &
admiré les effects par demonstrations tres-
euidentes , & resentimens tres-extraordi-
naires; Les souspirs, regrets & larmes pendant sa maladie , & sur tout au temps du de-
sespoir de sa santé & à l'heure de son decez
ont assez verifié le saisissement profond de
vostre cœur & le desplaisir incroyable de
l'interieur de vostre ame ; Or donc afin
qu'en ce fatal destin & inuiolable necessité
de mort vous ayez le repos & contentement en l'ame de sçauoir au vray que vous
y auez esté seruy fidelement, & qu'il n'a esté
obmis en ce deuoir chose aucune que l'art,
l'industrie & vostre grand soing pouuoient

requerir, bien que vous ayez affez loüé noftre procedé exterieur & affez approuué noftre traictement apparent, pour auoir efté
faict en voftre prefence, neantmoins pource qu'il ny a que le Medecin feul qui
voye clair en la cognoiffance des maladies,
de leurs caufes, euenements & remedes,
Illudque alius nemo præter medicum intuetur, difoit
vn ancien, c'eftpourquoy ie le vous fais voir
à l'œil & toucher au doigt par cefte defcri-
ption en telle forte que vous puifliez eftre
encores mieux fatisfaict de noftre feruice,
efperans de vous, comme jadis Monfei-
gneur le Prince en quelques vnes de fes maladies là confeffé & tefmoigné deuant fa
Majefté, & comme a prefent vn chaqu'vn
le recognoift en Cour, aufli faict tout le
peuple de Paris & de la France, que vous
direz vrayement qu'au milieu des er-
reurs & abus que le temps de barbarie &
d'ignorance a laiffé accroiftre en la Medecine Hippocrate eft recogneu en la feule Faculté de Paris, comme Dieu jadis le fut en la
feule Iudée, Prenez donc à gray MON-

SEIGNEVR ceſte reddition de compte
contenant la pure verité demonſtrée par rai-
ſons & par les ſens, & qui porte autãt d'honneur pour l'aſſeurance qu'à donné l'art ſur
l'euenement de ceſte maladie de ſoy funeſte, qu'elle euſt peu apporter de contentement ſi elle euſt eſté gueriſſable, deſirant par
ſur toutes choſes auoir l'honneur d'eſtre;

MONSEIGNEVR;

Voſtre tres-humble ſeruiteur
BOVVARD

DESCRIPTION
DE LA MALADIE
ET DE LA MORT

de Madame la Duchesse de Mercœur,

Decedée en son chasteau d'Anet, le vj. Septembre 1623.

MADAME ayant esté par six mois tourmentée
Du palais eschauffé, d'vne soif indomtée,
d'aridité de langue & du gosier amer,
Sçachant bien estre vn feu qui vouloit s'allumer
Aux foyers principaux de ses nobles parties,
Dont les flammes à peine en seroient amorties,
Ne voulut mespriser ses nouueaux accidents,
Sçachant qu'vn mal ne vient sans autres precedents,
Chercha son Riolan Medecin ordinaire,
Son appuy de santé, son soustien salutaire,
Lequel ayant appris d'elle-mesme ses maux,
Comme son corps estoit insatiable d'eaux.
Madame retranchons, luy dist-il, la racine
D'vn mal qui naist en vous & croist à la sourdine,
Ce feu qui est couuert au coin de vostre cœur
S'embrasera bien tost en ardente vigueur
Si vous ne m'accordez au plustost de l'esteindre.

A

Ainsi donc par raison taschant de la contreindre,
Tirons, dit-il, du sang la matiere du feu
Qui dedans vous Madame est desia tout conceu :
Mais elle qui craignoit grandement ce remede
A la necessité n'accorde ny ne cede;
Et de faict sa tendrette & delicatte peau
Fremissoit au tranchant de lancette et couteau :
Ouy, dit-elle, du sang, et si cette saignée
En la tierce que i'eus ie me suis espargnée ?
Va va mon Riolan, en riant, n'atten pas
Que du sang à ce coup tu tire de mon bras :
Luy ne voulant vser de trop rude menasse,
Se resoult d'esprouuer la teincture de casse,
Ordonne vne ptisane et luy oste le vin,
Luy regle son manger du soir & du matin,
Bannit d'elle tout soin, veilles, ieusne, abstinence,
Essayant pour vn temps cette aysée ordonnance.
Mais comme on voit tousiours vn mal seul n'arriuer
Tout deuant son hostel elle vit enleuer
Par les mains des Corbeaux vn malade de peste,
Aussi tost jambes, bras, et le cœur, & la teste,
Tout son corps iusqu'aux os fut saisi de frayeurs,
Ses esprits vont au centre, aussi font ses humeurs.
Fuyons, dit-elle, icy c'est trop faire de pose,

Que chaqu'vn pour demain à partir se dispose :
Et de faict les humeurs et esprits ramassez,
Sans air au fond du cœur par frayeur entassez
A ceux qui l'ont foiblet sont causes suffisantes
De les faire causer des fieures pestilentes :
La pourriture insigne aux humeurs & esprits
Faict que le corps de peste est ayséement surpris.
Elle donc delogeant non sans iuste espouuente,
Comme quand d'vne nef s'approche la tourmente,
Ou d'vn voisin on void la maison se brusler,
L'on void l'autre prochain bien tost se reculer,
A peine dans Anet maison superbe & ample
Où maintes raretez on trouue & on contemple
S'estoit-elle logée, aussi tost la rigueur
De fieure la surprend & luy saisit le cœur.
Frissons, veilles, douleurs, secheresses, froidures,
Ardeurs, soif, et degoust, catarrhes, morfondures,
Stupeurs et hauts respirs, durs assoupissemens,
Defaillances, nausée & grands vomissemens,
Horreur aux aliments, fœtur cadauereuse,
Vlceres du gosier, et gorge sanieuse,
Apostemes, gangrene, & tous vous autres maux
Qui des fieures portez les tiltres de bourreaux,
De nostre pauure vie attentats & complices,

A ij

Et de nostre santé les rigoureux supplices,
Quoy? tout ce que i'en voy en si puissant essein
Auez-vous peu loger au milieu de son sein?
Ce corps de poids egal en sa temperature
Vous deuoit-il fournir de loge & de pasture?
Ouy, car il n'y a lieu tant bien gardé & fort
Qui ne puise estre pris par finesse et effort,
Il se trouue tousiours quelque foible terraße,
Par laquelle on aßaut, on bat, on prend la place.
Ces humeurs eschauffez qui luy seruoient de bois
A l'entretien du feu l'espace de six mois
Se gasterent soudain apres que ceste atteinte
De peste la surprit d'une incroyable creinte.
Leur premier accident fut vn horrible froid
Lors que l'humeur pourry au dedans s'encouroit,
Qui comme vn ennemy finement s'achemine
Vers le milieu du camp pour tout mettre en ruine,
Sçachant que c'est le lieu où s'arreste le Roy,
Afin qu'en l'attaquant tout soit en desarroy;
Ainsi fist ce frißon, duquel l'humeur putride
Par tout l'interieur courut à toute bride,
Et de soy ne pouuans les forces de son corps
Renuoyer ces humeurs du dedans au dehors,
Il est croyable alors que chaqu'une partie

Chaßa tant qu'elle peut de ſoy cette ſanie :
Mais quoy ſes reins eſtans fort enflammez, tous deux,
De chair mollaße et laxe, enſemble graueleux,
Là dedans ſans combat ces humeurs ſe logerent,
Et de là peu à peu tout le corps rauagerent,
Tantoſt frappans le cœur, l'eſtomach, le cerueau,
Tantoſt vn autre endroict d'vn accident nouueau,
La ſieure ne quittant fut tierce continuë,
Car d'intermißion il n'en fut apperceuë
Par Bedeau Medecin fort capable et ſçauant,
Tel qui à ſi grand Duc deuoit eſtre ſeruant.

　Comme donc fut de tous cette ſieure cogneuë,
Chaqu'vn de Riolan deſira la venuë,
Madame de Vendoſme enuoya l'aduertir,
Lettre veuë, außi toſt qu'il ne faille à partir ;
Les Dames qui eſtoient, & Marquiſe & Comteſſe,
Et Ducheſſe, chaqu'vn luy reſcrit et le preſſe :
Il arriue, il s'approche, il la taſte, il la voit,
Il ne cognoiſt ſa face eſtre autre qu'elle auoit,
Il ne faict point d'abbord aucun mauuais preſage
En ſes yeux, en ſon front, ny en tout ſon viſage :
Mais ſon corps qui plus lourd en vn lieu ſe tenoit,
Et ſur ſes deux coſtez, à peine ſe tournoit,
(Bien que couchée au lict en fort bonne poſture

Ses membres gardoient bien leur decente figure)
Trouuant outre son poulx fort, plein, viste, leger,
La langue seche & rude, il commence à iuger
Que le mal estoit grand, l'vrine toute cruë
Sans aucun sediment luy fist creindre l'issuë;
Il faict venir Bedeau pour apprendre en aprés
Comme auoit pris ce mal, quel estoit son progrez;
Le rapport estant faict, comme ils parloient ensemble
Ils l'obseruent dormant vn peu trop ce leur semble,
Et pour sçauoir si c'est de dormir vn excez.
Auant que le iuger par retour de l'accez,
Ils l'esueillent de force, Elle fort desplaisante
Se plaint qu'on luy rauit ce qui plus la contente.
Ne luy faictes plus rien voila qu'elle redort,
Pinsez-là c'est vn cry que vous luy faictes tort;
Mais ne s'esueillant plus pour demander à boire,
Ny ne s'esmouuant plus pour prendre le clystere,
Alors ce dur sommeil cette grande stupeur
A ses deux Medecins donnerent de la peur,
Ce qui les fit courir à benedicte, à hieres,
A miel mercurial dissous dans les clysteres:
La saignée autresfois qu'elle tant redoutoit
Ne l'esmouuoit alors & plus n'y resistoit,
Plus ne se resueilloit quoy qu'elle fust picquée

Apres qu'on luy auoit la ventouse appliquée :
Mais comme son sommeil parut plus clairement
Profond et reserré en son redoublement,
Aussi en ce renfort de nouuelles allarmes
Les Medecins hardis r'aiguiserent leurs armes,
Resaignerent encor, redonnent lauements,
Reuentousent son dos, luy font force tourments.
Mais comme de ses maux la principale cure
Ne vient du Medecin tant que de la nature,
Aussi voulurent-ils leurs remedes cesser
Depeur de sembler trop la nature presser,
Cependant la grandeur de ce mal qui s'aduance,
Merite, disent-ils, encor autre assistence,
Qui fit sur le danger de ce profond sommeil
Qu'on ne refusa point de mander du conseil :
Riolan donne aduis que Seguin on demande,
Et si l'on veut encor qu'auecque luy on mande
Bouuard, qui a seruy le Prince de Condé,
Le Cardinal de Rhets naguere decedé,
Et monsieur de Paris, lequel estant infirme
Luy commet sa santé et en faict de l'estime.
On rescrit sur le champ on enuoye vn courier
En poste à Daniel son fidel Thresorier,
Qui apprist que Seguin n'estoit pas en la ville,

Bouuard dist que c'estoit vn voyage inutile,
Qu'en fieure comateuse en tel aage & saison
L'apparence n'estoit d'esperer guerison ;
Toutesfois qu'il est prest si l'on ne veut attendre
Le retour de Seguin ; non, vn autre il faut prendre,
Dist le sieur Daniel, car à l'heure qu'il est
Le messager attend, le carosse est tout prest,
Brayer dist qu'il ne peut quitter Madamoiselle
De Soissons, qui le tient nuict & iour aupres d'elle,
Si faut-il en trouuer vn autre apres ces deux,
Lequel soit ou en cour, ou en ville fameux.
De plusieurs estimez, comme Bouuard luy parle
On se resoult d'aller en la maison de Charle,
Le docte Riolan par tout tant reputé
Pour estre tres-sçauant & experimenté
Ne prendroit de plaisir d'entrer en conference
Qu'auec gens bien munis d'art & d'experience.
On le trouue, il promet, ainsi faict comme dit,
Vn chaqu'vn à l'hostel de Mercœur se rendit ;
A six heures du soir on part et on se priue
De souper, de dormir, pour plustost qu'on arriue.
Ce fut donc le Dimanche à deux apres my-nuict
Sous le joug du sommeil chaqu'vn estant reduict,
Qu'ils trouuerent Madame en son lict assoupie

Et la

Et la troupe ordonnée à veiller endormie,
Les Medecins laßez, les ayans là commis
Iusqu'à tant qu'ils seroient par le repos remis:
Riolan qui de soing legerement sommeille
Les entr'oyt et tout court en sursaut se reueille,
Meßieurs, ô que soyez les bien venus tous deux,
Pour nous aider à veincre vn dormir comateux,
Qui tient depuis trois iours Madame en telle sorte
Qu'en son lict vous voyez elle gist comme morte,
Approchez et parlez: Madame eueillez-vous,
Madame ouurez les yeux & nous regardez tous.
Elle ne nous entend, pinson-la pour apprendre
Si plus grande douleur la poura faire entendre:
Riolan la repinse et la pique pour voir
Si l'assoupißement est plus fort que du soir,
Elle s'escrie vn peu & semble qu'elle noise,
Mais le sommeil pesant tout à l'heure l'acoise;
Il repinse les os de sa jambe bien fort,
Elle s'ecrie encor & soudain se rendort:
Meßieurs (dit Riolan) cette teste engagée
S'est encor cette nuict plus remplie & chargée,
Car le soir par nos cris quand elle s'eueilloit
Elle parloit à nous elle nous cognoissoit:
Or pendant que Monsieur & qu'vn chaqu'vn repose

B

N'estes vous pas d'auis de faire quelque chose ?
Nous voyons dismes-nous que ce pauure cerueau
Tout hebeté languit sous vn pesant fardeau,
Le poux fort & egal permet que l'on degage
Par remedes bien forts sa teste qui se charge :
A petits maux ne faut que remedes legers,
Mais les forts et puissants sont deubs aux grands dan-
La fieure sans cesser qui les humeurs eleue   (gers.
Desquels de plus en plus ceste teste s'abbreuue
Qui s'en vont tous les nerfs remplir et occuper,
Et aux soufflets du cœur les chemins estouper
Merite sans delay que du sang on retire,
Ou bien si vous voulez, afin que rien n'empire,
Pour faire ce remede attendre le leuer
De Monseigneur le Duc qui ne faict qu'arriuer,
Et de Madame aussi de Marquise et Comtesse,
Qui tiennent le sang cher d'vne telle Princesse,
Attendans leur reueil, qu'elle ait des lauements
Picquants et laxatifs de forts medicaments,
On verra si du iour la puissante lumiere
Ne dessillera point l'vne ou l'autre paupiere,
On verra du matin si les raiz du Soleil
Ne dissiperont point cét ombrageux sommeil.
Pendant retirons-nous vn peu sous sa courtine,

Qui ne dort à la mort des premiers s'achemine.
Apres quelque repos chaqu'vn de nous accour
Et s'en vient voir l'effect du clystere et du iour,
Mais de mesme tousiours trouuons la bonne Dame
Immobile en son lict comme vn corps sans son ame;
Qui a perdu les sens, qui n'entend ny ne voit,
Qui ne cognoist aucun, qui ne parle ny n'oit,
Quoy qu'on meine grand bruit, qu'on crie à son oreille,
Il n'y a bruit, ny son, ny cry qui la reueille;
Quand on presse ses doigts ou la carne des os
De sa jambe, on rompt bien à l'instant son repos,
Et semble contenter ceux qui sont en sa chambre,
Quãd par douleur on faict qu'elle meut quelque mẽbre.
Nous nous retirons donc et allons discourir
De nature et du mal pour la mieux secourir,
Bedeau tout le premier son docte aduis propose,
Bouuard vient au cerueau, au mal et à sa cause,
Il cherche par où vient, qui enuoye & reçoit,
Pour mieux remedier au mal qui la pressoit,
Or bien qu'en la pinsant la douleur elle sente,
Elle ne cognoist pas, dit-il, qu'on la tourmente,
Car ce n'est que le sens commun aux vermisseaux
Aux insectes chetifs, & aux plantanimaux,
Et quand vous comprimez sa chair tendrette et molle

B iij

La douleur la contreint lascher quelque parolle,
Ce n'est pas que ce soit par choix ne volonté
Qu'elle monstre sur vous son esprit arresté,
C'est l'instinct animal, la brutale puissance
Quand on dict ou qu'on faict chose à quoy l'on ne pense.
Donc ce noble cerueau est maintenant perclus,
Ces esprits beaux ressorts de raison ne vont plus,
On ne recognoist plus ses actions humaines,
Grandes en iugement, en maiesté hautaines,
Quoy que nature l'eust tant bien elaboré,
L'ayant és qualitez iustement temperé,
Quoy qu'elle eust compassé la forme de sa teste
D'vne structure externe entierement complette,
Et que cette figure et ce temperament
Feussent de la Nature vn chef-d'œuure vrayment,
Car sa teste n'est point d'vne forme pointuë
Ains large par le haut en rondeur rabatuë,
Applatie aux costez, eminente en auant,
Par derriere aussi bien comme par le deuant,
Qui faict que du cerueau les quatre ventricules
Luy seruent de reserue et de grandes cellules,
A purger ses esprits et à les bien loger
Et à ses excrements ayfément degorger,
Exempte de douleurs, spasmes, paralysie,

Lethargie, haut-mal, dur somme, apoplexie,
Par ce que ces conduicts ont tint son cerueau pur,
Outre qu'il est semblable à vn fromage dur;
Car cette faculté dicte conformatrice
Qui dedans range tout meuë par la matrice
Trouua dans la semence vn morceau destiné
A former ce cerueau tres-pur & affiné;
Et si elle eust trouué aussi bon tout le reste
Comme elle rencontra pour luy faire la teste,
Elle en eust faict vn homme admirable en effect,
Bien sain, de grand esprit, vaillant & tres-parfaict:
Le cerueau de la femme est de matiere molle
D'où vient qu'elle est aussi bien moins sage que folle.
Or donc combien qu'elle ayt vn vigoureux cerueau,
Si est-il maintenant volontiers noyé d'eau,
Et d'autant qu'il est fort, la cause en est plus forte
Malgré nature & art qui là haut se transporte,
Qui faict iuger plus grand en estre le hazard
Que nature est de soy au loin plus à l'escart,
Car en son naturel aysément elle veille,
Son somme est si leger qu'vn petit bruit l'eueille,
Mais son temperament propre en ses qualitez
Est tout entier changé par tant d'humiditez;
Et si voulez sçauoir qu'elle est cette matiere,

Par où croiſt & d'où vient cette ſource premiere,
Ie vous dis que ce n'eſt qu'vne ſeroſité
Qui à acquis au corps maligne qualité,
Liquide en conſiſtance au gouſt acre et ſalèe
De l'eau en quantité qu'elle a tant aualée,
Qui toute ne pouuant par les reins s'eſcouler
S'en va ſur le cerueau à grands cours ruiſſeler,
Sortant de ſes deux reins comme de deux fonteines
S'eſleue par le feu des arteres & veines,
Et de faict on dict lors qu'elle beuuoit d'autant
Qu'elle piſſoit fort peu, & y taſchoit pourtant,
Qu'on luy a veu du ſang par ſes vrines rendre,
Et apres la colique vne pierre deſcendre,
A preſent pour le boire & boüillons qu'elle prend
Nous voyons que beaucoup moins d'vrine elle rend,
Laquelle de couleur & de ſubſtance aqueuſe
Contenant en ſon fond reſidence boüeuſe,
Au lieu de ſediment monſtre que le limon
Tient au calcul de l'vn & de l'autre roignon,
Et qu'auec peu d'vrine il ſort vne ſanie
Qui dans le fond du pot ſe raſſiet et ſe lie :
Mais outre cét amas qu'elle a faict de tant d'eaux,
Sa ſieure peut encor en fournir à ruiſſeaux,
Laquelle par chaleur la maſſe liquefie

Et tourne tout le sang en eau sale & pourie.
Or les reins à tirer ne pouuans plus fournir
Ny les vaisseaux aussi ce serum retenir,
C'est de là tout boüillant comme de viue source
Pour ruisseler en haut qu'il commence sa course,
Toutesfois ce n'est pas qu'on ne doiue esperer
Que de ce fort sommeil on la peut retirer,
Car le cerueau n'ayant l'affliction premiere
En soy, mais receuant d'ailleurs cette matiere
Il faut par tous moyens luy destourner son cours
Ou par les grands chemins ou par petits destours ;
Car il peut arriuer que comme la balance
Quand le poids est egal haut ou bas ne s'auance,
Ou deux forts ennemis qui entr'eux ont debat
Demeurent comme egaux longuement au combat,
Aussi que de ce corps la teste mieux bastie
Ne sera pas si tost par ces eaux amortie,
Faire se peut aussi que l'amas de ces eaux
Est encor contenu dans ses petits vaisseaux,
Lesquels n'ayans ouuert leur petit orifice
Laissent le cerueau sain combien qu'il s'assoupisse:
Tout de mesme qu'vn os du tez peu enfoncé
Hebete le cerueau tant qu'il soit rehaussé:
Rien ne peut tant agir sur ce qui luy resiste,

Par secours l'assiegé presque pris, resuscite.
Or employons-nous donc et mettons nos efforts
A retirer ces eaux de la teste endehors,
Et d'autant que ie sens la faculté vitale
Entiere, forte, viue, à soy tousiours egale
Qui est des facultez la base et le support,
Dequoy faict foy le pouls grand, plein, egal et fort,
Des remedes puissants ie la trouue capable
Ce pouls le faict iuger à soy tousiours semblable,
A grand mal le remede aussi doit estre grand
Si le malade on trouue assez fort qui le prend,
C'est pourquoy mon aduis est que par la saignée
On retire le sang dont la teste est baignée,
Car la seule saignée oste le sang gasté
Ou l'attire du fond s'il y est arresté,
Ou bien par accident la fieure elle tempere,
Ostez le bois du feu la chaleur se modere,
Ce sang sereux se porte en haut par ses vaisseaux
Et aussi la saignée espuise ces ruisseaux,
L'Apothicaire aura ce soir vn hydragogue
Tout prest qui sera faict à la teste analogue;
Ainsi fut arresté le Dimanche au matin,
Or si tost à purger que la dose eut mis fin
Et que la teste fut vn petit allegee,

Par

Par les remedes forts qui l'auoient deschargee,
On la voit le Lundy comme elle ouure ses yeux,
Comme elle parle, ainsi chaqu'vn la iugeant mieux,
Mais ce mieux ne fut pas longue resiouyssance,
A cause qu'elle n'eut que bien peu d'allegence,
Car ce traistre sommeil la remet bien auant
Dans l'assoupissement où elle estoit deuant:
Comme donc nous voyons cette breue estincelle
Croyant que l'eau n'auoit or noyé sa ceruelle
Nous dismes entre nous, hardiment poursuiuons
Comme nous auons faict, ainsi paracheuons,
Dés ce soir il nous faut faire ouurir la saphene,
Et que la mesme dose au matin elle prene,
On la saigne sur l'heure, & son medicament
Le Mardy la purgea comme l'autre amplement,
Mais la fin sur le soir ne fut si fauorable
De laisser de raison quelque rayon notable.
I'obmets de dire icy comme par mouuements,
Vontouses, frictions, picqueures, lauements,
Phenigmes, et juleps, boüillons, coulis, gelee,
Chacun peut bien penser qu'elle fut harcelee,
Mais remedes aucuns, ny petits ny puissants
Ne peurent redonner la lumiere à ses sens,
Car le profond dormir nonobstant continuë,

C

Et par remede aucun fascheux ne diminuë;
Quand le mal par moyens bien conduicts ne depart
C'est qu'il est plus puissant que nature et que l'art;
Ce grand Duc de Vendosme en l'ame & au visage
Attristé ne cessoit de nous donner courage:
Faictes nous, disoit-il, et ne vous lassez pas
Taschez de retirer Madame du trespas,
En l'estat où elle est on la vous abandonne,
Faictes par vos moyens que Dieu la nous redonne;
Ce Seigneur par ces mots tant nous encouragea
Que de Lieures craintifs en Lyons nous changea,
Les Dames, officiers, vn chaqu'vn de ses larmes
Nous prie à jointe mains de ne quitter les armes,
Et nous ne voyans point que d'autres assistans,
Empiriques, coureurs, moines & charlatans
Blasmassent nos desseins, changeans nostre ordonnance
Ou la faisans au peuple entrer en defiance,
Ains plustost vn chaqu'vn courir en quelque lieu
Y portant de l'argent pour faire prier Dieu
Et tousiours deuant nous venir quelque relique,
Les Peres Capucins et de sainct Dominique,
Epiphane, Hyacinthe, et Cordeliers de plus
Sans cesse luy parler du doux nom de Iesus,
Bouuard les tire à part, ne perdons point courage,

Dieu certain par ces vœux benira noſtre ouurage,
Monſeigneur nous donnant entiere liberté
Et apres Dieu ſur nous ayant l'œil arreſté
Faiſons vn rude effort à ce mal coutumace,
Preſſons-le à ce coup d'abandonner la place,
Des deux temples il faut les arteres ouurir
Et en tirer du fond l'eau qui la faict mourir,
Luy noircir tour le front de ſang-ſuë affamée
Qui laiſſe ſous la peau toute veine entamée,
Ainſi l'eau des vaiſſeaux profonds ruiſſelera
Et celle du dehors peu à peu coulera,
Et de peur que d'enbas la ſource n'en fourniſſe
Et qu'en liant le col le cerueau ſe rempliſſe,
Mainte ventouſe il faut ſur le dos appliquer
Et la peau bien auant iuſques au vif picquer,
Et les remettre encor ſur les fraiſches coupeures
Les faiſans fort tirer par tenaces morſures,
Ainſi en luy faiſant vne forte douleur
On pourra des ſes ſens eueiller la ſtupeur ;
Ainſi fut reſolu et chaqu'vn eut enuie
En luy faiſant du mal de luy ſauuer la vie,
L'vn luy leue la teſte et l'autre tout le corps,
L'vn taſte ſi l'artere il ſent bien par dehors,
Le Barbier dans la temple aduance ſa lancette,

C ij

D'où ne fortit de fang que quelque goutelette,
Mais l'artere battant fort de l'autre cofté
Rendit du fang aqueux en bonne quantité;
L'autre prit la ventoufe et en choifit qui puiffe
D'auantage tirer du haut lieu de fa cuiffe,
Celles-la que l'on mift tout le long de fon dos
Ne luy rompirent point autrement fon repos,
Mais les grandes, de feu qui furent les plus pleines
Appliquees en bas au deffous des deux aines
Luy firent reffentir vn fi rude tourment
Que rien ne reueilla plus fort fon fentiment,
Pendant qu'elle les a n'attendez qu'elle dorme
Ou qu'elle dans fon lict fe tienne en mefme forme,
Mais auec grand depit fe tournant ça & la
Crie tant qu'elle peut oftez, oftez, cela:
Chacun en fut efmeu comme d'vne martyre,
Priant que par pitié fans mal on les retire,
Quoy dift l'vn laiffez-la et ne luy faictes rien,
Vous procurez fon mal penfans luy faire bien,
Si vous ne perfiftez c'eft grand coup d'auenture
Si en fon mefme trein ne recourt la nature.
Tantoft par la douleur vous la voyez fremir,
Mais ne fentant plus rien auffi toft redormir,
En forte qu'il nous faut encore laiffer faire,

Le Medecin ne doit en vn tel cas complaire,
On les rapplique donc aux aines de nouueau
Qui retirerent fort & la chair et la peau;
A plus forte douleur plus fort elle s'ecrie
Qu'on la laisse en repos tout le monde elle prie,
L'esperance reuient à ceux de la maison
Qu'en bien continuant reuiendra la raison,
Que l'ame sous le poids du sommeil detenuë
Le rompra comme faict le beau Soleil la nuë,
Et defaict du depuis son dormir fut leger
Et chaqu'vn en apres craignit moins le danger,
La cause est qu'on vuidoit les humeurs par parcelles
Qui montans au cerueau reuenoient par les selles;
Et que de iour en iour nous estions attentifs
D'attirer ces humeurs auec nos purgatifs,
Tout le flot de ses eaux prenans par là la fuitte
Et le cerueau apres s'euacuant en suitte,
Les ventouses faisoient reuenir pas à pas
Les sens et la raison bouleuersez par bas,
En sorte desormais où quand elle demeure
A prendre œufs ou boüillons plus longuemēt que l'heure
Ou quand on la reuoit ou ronfler ou blemir,
Ou qu'on craint qu'elle r'entre en son premier dormir,
On n'a que d'vn costé remettre la ventouse

On la force par là de faire toute chouse,
Si on touche les lieux deçoupez, ou meurdris
Elle parle, ou se plaint, ou jette de hauts cris.
Ce fut le Mercredy qui annonça victoire,
Mais ce fut le Ieudy qui remporta la gloire
Car sans autre remede alors qu'on l'appella
Elle ouurit ses deux yeux & cogneut ce iour-là,
On luy ayde à former ceste recognoissance
Comme on faict aux petits quand ils sont en enfance:
Car comme on vit ce somme en trein de deloger
On tascha tous ses sens par discours degager,
Elle cognoist vn iour, vn autre elle raisonne,
Elle parle à ses gens, de deux elle s'estonne,
Mais quand on luy eut dict qu'elles gens ils estoient.
Quel soing et quel secours nuict & iour luy rendoient,
Que Dieu par leur moyen luy faisoit telle grace
D'auoir faict la raison retourner en sa place,
Qui comme esteinte estoit par huict iours continus
Et que ses sens entiers luy estoient reuenus,
Miracle qu'en tel mal si long l'apoplexie
N'auoit en son cerueau perdu tout ou partie,
Et pour ce qu'elle dist pour si bien reuenir
Si des tourments passez elle à le souuenir,
Elle dist de cela qu'elle n'a souuenance

Ny des remedes faicts aucune cognoissance,
Mais puis qu'ainsi estoit qu'il auoit pleu à Dieu
De remettre ses sens et raison en son lieu,
Qu'elle luy en rendoit vne grace immortelle,
Le suppliant d'auoir à sa fin pitié d'elle :
Remercia encor son Dieu de ses faueurs
Qu'elle pouuoit tester pour ses bons seruiteurs.
　　Apres que ce grand Dieu eut beny cette peine
Et rendu par nos mains cette teste bien saine,
Alors chacun tournant vers le ciel les deux yeux
Iointes mains loüa Dieu & parut tout ioyeux,
Et Monseigneur contant nous emmeine à la chasse
Pour voir dedans les bois le cerf comme il pourchasse,
Il nous meine autresfois des champs tout au trauers
Pour d'vn lieure rusé cognoistre les reuers,
Vn autrefois d'vn cerf dessous la gallerie
Il prie Riolan d'en faire anatomie,
Là où le petit os dans le cœur fut trouué
Encontre les venins qu'on dict tant esprouué,
Aussi le nerf honteux tiré de sa vessie
Pour en faire l'essay contre la pleuresie :
Il nous fit aussi voir deux taureaux en fureur
Se battre pour l'amour d'vne vache en chaleur,
Bref ce n'est à Anet rien que resiouyssance

De voir que Madame est en sa conualescence,
Monsieur en mesme temps l'escriuit à la Cour
Et de là la nouuelle en toutes parts s'encour,
Outre de tous endroits les couriers qu'on enuoye
Remportent en tous lieux cette nouuelle ioye.
Il ne faut point douter si apres ce bon heur
Nous ne receusmes pas bonne part de l'honneur.
Mais quoy, ce dist Bouuard, ce dormir n'est qu'vn
Qui de l'interieur le mal caché designe,   (signe
Lequel n'y estant plus, voyons s'il y en a
Quelqu'autre tesmoignant le mal encores là,
Quand le mal n'est coupé iusques en sa racine
Il renaist perilleux plus qu'en son origine,
Chaqu'vn voit bien ses sens remis en leur entier
Et la raison tenir son antique sentier,
Mais la fieure iamais pour tout cela ne cesse,
Laquelle auec son trein afflige la Princesse,
On la sent par le pouls trop frequent & leger
Et tousiours par la soif qu'on ne peut corriger,
Elle dict que ses reins luy bruslent sans relasche,
Le boüillon faict de chair luy desplaist & la fasche,
Et quand on luy presente vn degoust et horreur
Faict bondir à l'encontre et sousleuer son cœur,
Mesme le souuenir quand Ranguet luy approche

Son

Son estomach grossit et en faict la reproche,
Le plus du temps le froid tient ses extremitez,
D'vn hoquet importun ses flancs sont agitez
La respiration sublime & releuée
Sa poitrine soustient en l'air toute esleuée,
Son flux grand et puant et liquide coulant
Et d'vrine trop peu de ses reins ruisselant,
Tous ces signes restans ne nous donnent la gloire
Que nous ayons gagné la totale victoire,
Et bien que sur le mal ayons faict grand effort
Si est-ce pour cela qu'il n'en est pas moins fort,
Ains nous qui auons mis aux champs toute machine
Pour sauuer ce chasteau d'vne extreme ruine
Nous sommes demeurez abatus à demy
Et fort plus que deuant demeure l'ennemy;
Il ne faut qu'vn seul signe à la mort pour conclure,
Il faut pour la santé que tout bon y concure,
Et de peur qu'à predire on se puisse abuser
On nous enioinct de prez tous les signes peser,
Vn seul mauuais à mort ayant plus de puissance
Qu'à viure tous les bons ne donnent d'asseurance,
Ce bon heur nous apporte vn grand contentement
Mais la fin peut donner vn autre changement,
Ne nous comportons donc comme faict le vulgaire

D

Ne rions auiourd'huy pour demain nous deplaire,
Leſſons là vn chaqu'vn de ioye s'eſleuer,
Mais voyons de ce mal ce qui peut arriuer,
Et diſons cependant que l'affaire eſt douteuſe
Et que n'en pouuons pas promettre fin heureuſe,
Ce faiſant que chaqu'vn par forme de deuis
Sur tous ces accidens en donne ſon aduis.
Monſieur Bedeau premier eſt celuy qui commence
Apres ſuiuit Bouuard qui dit ce qu'il en penſe.
La fieure eſt le premier autheur de tous ces maux
Et ces maux ſont autheurs de pires tous nouueaux.
Les enfans et les maux plus meſchans on voit naiſtre
Par degrez, vn parent vaut pis que ſon anceſtre,
Vn pere produira en ſon temps quelque fils
Plus meſchant, et l'enfant vaudra encore pis,
La fieure tout de meſme és humeurs allumée
S'eſt en telle grandeur par le temps enflammée,
Que le feu des humeurs infectez et pourris
De la natte au gros bois de la maiſon a pris,
Il a ſaiſi des reins la chair dure & ſolide
Pour n'auoir d'heure eſteint ceſte chaleur putride,
De là vient ceſte ſoif, de la vient le reflux
De l'vrine autre part n'en vuidant quaſi plus,
De là vient que ſes pieds ſont touſiours en froidure

Et que dedans ses reins telle chaleur demeure,
Comme croist la chaleur croist l'inflammation
De laquelle la fin est la corruption,
A la corruption suruient la fieure hetique
Qui la consumme toute et la laisse phthisique,
Ceste chaleur vorace ayant tout surmonté
Reduit la naturelle en telle pauureté
Que pour la conseruer le pauure Diaphragme
Tous muscles du thorax à son aide reclame,
Lequel ne pouuant seul tant il est foible agir
Ses compagnons et luy causent ce haut respir,
Tardif au mouuement, non tant fort, vn peu rare
L'air du nez sortant froid quand l'ame se separe,
Et si vous demandez quand la chaleur defaut
Luy faut il vn respir si sublime & si haut?
A si peu de chaleur faut il tant de froidure?
Ie dis que iusqu'au bout se defendant nature
Ne pouuant par vitesse et par legereté
Le parfaict par hautesse et par la rareté,
Elle veut attirer par hautesse d'haleine
De l'air pour moderer la fieure qui la peine,
Mais le chaut naturel autheur du mouuement
Affoibly ne peut plus mouuoir que rarement.
Madame n'est encor en cest estat reduite

D ij

Mais ie crains que le mal ne la y meine en suite
Le hoquet vient apres qui n'estant continu
Monstre qu'en l'estomach le mal n'est contenu,
Et que la cause en est au proche voisinage
Logée en quelque lieu qui par foy l'endommage,
Or de marque elle n'a de lieux mal affectez
Autres que celles-la de ses deux reins gastez,
Lesquels & l'estomach ont si grande aliance
Qu'il se font part entr'eux de leur mal & offense,
Quand les reins par la pierre endurent grandement
Le degoust la nausee et le vomissement
Monstrent que l'estomach auec les reins endure
Et que luy auec eux compatit à l'iniure,
Si bien que de ses reins l'ichoreuse liqueur
Ou de leur corps gasté la putride vapeur
Faict que l'estomach hait le boüillon qu'elle auale
Et luy faict le hoquet par certein interuale:
Si la nature enuoye vne telle vapeur
Petite en qualité mais grande en puanteur
Qu'elle peut à l'instant de qualité maligne
Estoufer le cerueau, le cœur et la poitrine,
Et si nous auons veu de ses deux reins partir
Vn Serum qui a peu sa ceruelle engloutir,
Leur vapeur ou leur eau par plus prochaine voye

Ne pourront infecter l'eſtomach et le foye?
Les autres dirent (ouy) mais nous ne voyons pas
Que la bile deſcende et ſe vuide par bas,
La cauſe du degouſt et hoquet ſemble deuë
A la bile qui eſt ſoubs les flancs retenuë,
Ie le veux dit Bonuard, mais mon opinion
Eſt pluſtoſt d'accuſer cette corruption,
Car apres tant purger comment pourroit la bile
S'arreſter au dedans veu qu'elle eſt ſi mobile?
Toutesfois ce n'eſt pas pour vous decourager
Car il la faut guarir où bien la ſoulager
Mais c'eſt afin qu'à tous nous donnions à entendre
Que ce mal n'aura peu vous tromper ny ſurprendre.
Le mal donc en huict iours tout lentement croiſſoit
Et Madame à l'aduis d'vn chacun n'amandoit,
Les ſymptomes ſuſdits marchoient vn peu plus viſte
Comme larrons ſurpris approchans de leur giſte,
Quoy que nous ayons faict ce que nous auons peu
Il ne peut eſtre en nous de moderer ſon feu
Nonobſtant le recours à frequente ſaignée
Et qu'on l'euſt nuict et iour par tous moyens ſoignée
Si eſt-ce que ce feu ne ſe peut amortir
Qu'on ne la cogneuſt bien à l'œil s'aneantir,
D'humeur gros et liquide elle fut fort purgée

D iij

Et iamais pour cela n'en parut soulagée,
Et tous les cordiaux internes pour le cœur
Ne luy seruirent tant comme fit la liqueur
Qui auec peu de vin, de sucre, & l'eau boüillie
Et le ius de citron luy redonnoit la vie,
Il est tout cordial quand il y a du vin
Meritant mieux le nom de breuuage diuin
Si vous y adioustez quelque ius de grenade
Rien n'est tant cordial ny plaisant au malade.
Le vin faict des esprits vitaux dedans le cœur
Et chasse loing de luy la maligne vapeur,
La grenade & le vin confortent la nature,
Leau auec le citron esteint la pourriture,
C'est le vray Cordial qui ne porte l'abus
D'vn tas de Cordiaux aux occultes vertus,
Dont les effects sont faux, leurs vertus inutiles.
Estant comme au bon grain les aueines steriles,
Ou l'iuroye, qui a les credules esprits
De nos peres iadis eniuré & surpris,
Les barbares errants source de l'ignorance
Ont forgé ces vertus par vaine experience,
Car les Medecins Grecs ny ont adiousté foy.
Les tenans pour monnoye en l'art de faux alloy,
L'experience est double vne trompeuse & vaine,

Et l'autre on recognoist asseurée & certaine,
Marchant auec raison, car ce qui est commun,
De soy, par accident elle ne met tout vn;
Par raison eprouuer la vraye experience,
C'est qu'en vn mesme mal, en mesme circonstance,
En mesmes accidens tel effect tousiours suit,
Qui non par accident mais de soy soit produit,
Sans estre repugnant et contraire à nature,
C'est la preuue certaine & non à l'aduenture,
Ainsi le peuple dit i'ay cela esprouué,
I'ay sur vn pareil mal pareil effect trouué,
Le credule ignorant qui à l'art ne s'amuse
Faute de bien iuger tout de mesme s'abuse.
En son mal aussi bien ne furent vsitez
Tous remedes tirez des quatre qualitez,
Car à vn estomach qui a peine digere
Le boüillon, le pressis, la gelée legere,
Personne n'eust donné pour accroistre son mal
Perles, bois, cornes, terre, ou pierres, ou metal.
Ses entrailles boüillans en ses fieures ardentes
Eussent par trop souffert par des drogues brulantes,
Par qui on croit en vain nature conforter;
Et la cause du mal hors le corps emporter,
Ie ne suis pas celuy qui croye & qui se fie

Que musc ou mineral nature fortifie

Ny qu'elle qui guerit, n'ayant d'autres douleurs,

Que la gesne du feu, guerisse par chaleurs?

Ce ne seroit garder l'axiome ordinaire,

De nourir par semblable & guerir par contraire.

Or donc comme ce mal mortel et continu.

Requeroit nuict et iour vn soin entretenu

Tout le iour nous estions tous quatres proches d'elle

Et Charle auec Bouuard faisoient la sentinelle

Outre minuit frappé iusqu'à trois heures prés

Que les autres venoient les leuer puis aprés

Et Bouuard chaque nuict obseruant que nature

Succomboit soubs le mal, et que la nourriture

Corrompuë en son corps ne la soustenoit plus

Et que le mal tenoit sur elle le dessus

Il disoit à par soy, faut il que ie demeure

Icy pour voir son corps mettre en sa sepulture?

Faut il attendre icy iusqu'à ce que le sort

Luy vienne decocher le grand coup de la mort?

Faut il voir mon Seigneur ses enfans et mes Dames

Et ses bons seruiteurs fondus en chaudes larmes?

Bon Dieu quelle pitié de voir que chacun rit

Sur l'espoir asseuré de tous qu'elle guerit

Et toutesfois il faut que se tourne la chance,

Le ris

Le ris se change en pleurs, la ioye en desplaisance,
Il n'est pas Medecin qui n'apprehende point
Le danger de la mort, qui son malade poinct,
Qui nè tasche euiter la honte et le diffame
Qui est voir son malade à ses yeux rendre l'ame.
Je sçay qu'on me dira, que cest estrange cas
Que ie soustiens tousiours asseuré ce trepas,
Que l'asseurant des lors qu'elle estoit assoupie
On ma trouué trompé de ceste fantaisie,
Et que bien qu'Hipocrate ou Galien l'ait predit,
Cen'est pas qu'elle meure à cause qu'ils l'ont dit:
Il ne s'y faut fier, car on ne peut escrire
Ce qui est singulier, comment donc le predire?
Mais ie dis que qui veut tous les signes chercher,
Du prognostic certain il s'en peut approcher,
La regle estant fondée en chose vniuerselle
Laquelle, où peu s'en faut, tousiours arriue telle:
Les genres diuisez, iusqu'aux indiuidus,
Font les particuliers aysement entendus;
Diuisant ce respir (par exemple) sublime
Descendant par degrez, iusqu'à l'espece infime,
On dira auec moy que deuons auoir peur
Que cestuy soit causé de l'esteinte chaleur:
Quand doncques le thorax par tous muscles chemine

E

Qui leuent hautement espaules et poitrine
Vient ce souffle esleué, il ne peut declarer
Sinon qu'vn seul ne peut tout le thorax tirer,
Ou bien en la poitrine vne chaleur ardente,
Ou és conduits de l'air quelque cause adherente,
Ie croy qu'on ne sçauroit si on veut diuiser
Outre ces genres là, de quelqu'vn s'aduiser:
Or donc s'il est leger, dense et fort, fieure vnie,
Expirant vn air chaud, c'est peripneumonie:
Or ce n'est ce respir, chaqu'vn aperceuant
Qu'elle n'attire ainsi ny repousse son vent.
Le respir qui n'aura l'expiration iointe
A vn souffle boüillant, faut qu'il y ait contrainte
En l'espace ou canaux, ou au corps du poulmon,
Non par erysipele ardent ou par phlegmon,
Mais où que le cerueau l'aspre artere a remplie,
Ou l'empyeme y est issu de pleuresie:
Ou bien c'est qu'il y a quelque clou attaché
Qui retient la plus part du poulmon empesché;
Or à ceux-là l'haleine est tellement pressée
Qu'ils ne durent s'ils n'ont dos et teste haussée,
Mais Madame n'a point ce respir tant pressé
Qui monstre le poulmon de matiere oppressé;
Il ne nous reste donc rien autre chose à craindre

Sinon que la chaleur en bref s'en va s'esteindre :
Qui ceste difference à part regardera
Qu'il faut craindre à ce coup comme moy il dira,
Son respir n'est il pas moins fort, tardif et rare,
Sortant du naiz ja froid? c'est ce qui le declare:
Vn grand feu au petit cause l'extinction,
Aux parties autant faict l'inflammation,
Qui croist iusqu'à tel point qu'elles soient corrompuës
Et de leur propre forme à iamais depourueuës
Et si c'est en vn lieu ou soit faict ce conflic
Qui conserue la vie au reste du public,
Ce lieu mortifié apporte à tout le reste,
Vne corruption plus certaine que peste.
Les autres signes ioints sont la soif qui n'a peu
Onques estre assouuie encor qu'elle ait bien beu,
Le feu des reins faisant vn dipsas maladie
Comme si du serpent la soif estoit partie,
Adioustez de ses reins l'insupportable ardeur,
Et des extremitez l'importune froideur,
Et comme à sa boisson ne respond pas l'vrine,
Voicy que le reflux apporte à la poitrine,
A la teste et au ventre, à l'estomach, au cœur,
Vn ichor sanieux signe du mal veinceur;
Et que par cy apres pouront encore naistre

E ij

Accidens qui feront ce mal clair apparoistre.
Qui voudra diuiser tout autre signe ainsi,
Et leurs indiuidus adioindre à cestuy-cy,
Ceste soif, ceste fieure et chaleurs et froidures,
Ce degoust et hoquet, ceste vrine & ordures,
Il dira auec moy qu'ayant tout obserué
Il aura de ces maux le singulier trouué.
Et il remarquera que nature define.
Par fieure de ses reins corrompus qui la mine:
Mais voit on pas souuent autrement se trouuer
Que les grands Medecins n'ont predit arriuer?
Ouy bien, disie, mais l'art n'est pas moins veritable
C'est l'ouurier qui faict ceste faute notable;
Lequel bien qu'il ait l'art mais n'a de iugement
Il ne peut ordonner ny iuger seurement.
Ce discours fut finy à cause que Madame
Se pleint & se tourmente, et tous deux nous reclame,
Mes amis que ie sens en ma gorge de feu,
Et qu'elle m'est cuisante aussi tost que i'ay beu,
Sa bouche ayant ouuert, la bougie allumée
Nous fit trouuer le fond de sa gorge enflammée,
D'vlceres ecorché si puants et vilains.
De sanie et limon dont ils estoient tous pleins,
Que tous bien que seruans d'affection ardente.

Creignoient de receuoir ceſte haleine puante,
Outre cela Ranquet donnant vn lauement
Quelque veſcie voit au tour du fondement,
Autres ſur l'os ſacré, ſur les feſſes parurent,
Qui comme potirons en peu de temps accrurent,
He bien qui pourra donc contredire à cecy
N'eſt-ce pas vn ſignal que tout pourrit icy?
Sa gorge ayant du mal, ſa peau telles veſcies
N'eſt ce pas que ſes chairs ſont pleines de ſanies?
Qui ayant tout gaſté les viſceres du corps
Comme bourgeons du mal ſe iettent au dehors?
Si ſon mal va croiſſant, tout eſt ſymptomatique,
Si nature defaut, cecy n'eſt point critique,
Qui me nira cela ne ſera Medecin,
Ceſt pourquoy ie n'attend qu'vne funeſte fin.
Apres ce que deſſus Monſieur Charle m'aduouë
Qu'en ſes reins il y a pierre, gangrene ou bouë:
En ſorte que la nuict ayant vn peu ſongé
Il taſche d'obtenir à nous deux le congé,
Pendant que de ce mal l'iſſuë eſt en balance
Qu'on dit qu'elle n'empire, auſſi qu'elle n'aduance;
A Monſeigneur le Duc l'intendant en parla,
Mais ſur l'heure il ne fit de reſponce à cela,
Que du ſieur Riolan la parole ſecrette.

N'euſt premier accordé de ces deux la retrette:
Or Riolan preueut, bien ſage & aduiſé
(Recognoiſſant ce mal à guerir malaiſé
Qui croiſſant chaque iour luy faiſoit recognoiſtre
Par accidens mauuais que mortel deuoit eſtre)
Que tous deux s'efforçoient premier que le deſtin
A ſa vie paruſt y venir mettre fin
A temps ſe retirer, s'il eſtoit agreable,
Diſans que leur ſecours n'y eſtoit plus valable,
Mais il dit à Monſieur encor pour quelques iours
Qu'il eſtoit grand beſoin de noſtre aide et ſecours,
Nous voyans retenus iugeaſmes equitable
D'eſtre participans de ce cas pitoiable,
Et ſçachans comme eſtoit à gré noſtre ſeiour
Nous ne parlaſmes plus du depuis du retour,
Or Monſeigneur d'Elbœuf Vendredy à meſme heure
Qu'on nous ſignifia de tarder la demeure,
Arriué vient Madame en ſon lict viſiter,
Son Chirurgien auſſi vint Bouuard accoſter
Luy demandant du mal l'eſtat, ce qu'il en penſe,
Tout s'en va a rebours, dit-il, le mal s'aduance,
Auſſi toſt qu'il luy eut confié ce ſecret
Il s'en va publier à chacun ce decret,
Que Madame s'en va, autant vaut qu'elle eſt morte,

Et qu'il faut dans huict iours du monde qu'elle forte,
Ce difcours ne fut pas bien receu d'vn chaqu'vn,
Ains defplaifant, fafcheux, indifcret, importun,
Le fol iuge (dit on) donne fole fentençe,
L'ignorant par hazard dit tout comme il le penfe.
Le Samedy venu l'inquietude croift,
Plus grande puanteur en fes felles paroift,
Elle dedans fon lict fe iette & fe lamente,
Et ne peut exprimer que ceft qui la tourmente;
Ce mal n'eftant reglé en fes redoublemens,
Bouuard apprehendit ces derniers mouuemens,
N'eftre qu'vn dernier coup de nature deftruite,
Contre fon ennemy qui s'efforce & qui luitte,
Laquelle refentant comme tout luy defaut,
S'efforce contre luy par vn dernier affaut,
Mal fur mal furuenant à la chaleur efteinte
Luy met en la ceruelle vne indicible creinte,
Que l'on manquaft à temps de dire librement
Qu'on n'attendoit plus rien qu'vn trifte euenement:
Et partant que l'honneur de cefte preuoyance
Fuft donné au crieur public de leur croyance.
Ce que confideré par tous fut arrefté,
Que Monfieur Riolan diroit la verité,
Sçauoir que lors qu'elle eut la ceruelle chargee,

Ils sçauoient qu'elle estoit d'autre part engagee,
Et qu'encores qu'on eust degagé son cerueau
Pas moins son premier mal ne l'ostoit du tombeau.
Monseigneur entendant ceste triste nouuelle
Me voila mal, dit-il, le grand Prieur m'appelle
Malade extremement, à l'Hostel de Merceur,
Qui a fieure & vomit, pleint la teste & le cœur:
Puisque donc vous tenez, Madame deploree,
Et que ma presence est par mon frere imploree
Deux de vous auec moy allons le secourir,
Empeschans s'il se peut cetuy là de mourir:
Il failloit emmener Riolan, ce luy semble,
Et que luy & Bedeau le penseroient ensemble:
Comme l'ayant tousiours en autres maux traité
Mais comme l'intendant eut vn peu resisté,
Il dit qu'on trouueroit n'estre point raisonnable
D'oster son Medecin sur sa fin deplorable.
Monseigneur du matin mena Charle et Bedeau
Nous autres bien marris de garder le tombeau,
De faict elle sentant comme la mort certaine
S'approche, et que la fin de sa vie est prochaine;
Pour ses bons seruiteurs deux Notaires manda,
Qui mirent par escrit ce quelle commenda.
Elle eut tost declaré sa volonté derniere,

Pour

Pour ce qn'elle est ailleurs mise au long bien entiere:
Et comme elle acheuoit vn grand mal la surprend,
Lequel tout ce iour là comme morte la rend,
L'haleine se haussant, plus ne battoit l'artere,
Plus ne se reschauffoit pour ce qu'on luy peust faire,
Disant aux medecins que me sert à tous coups
Que maniez mes mains & me tastiez le pouls!
Comme si elle eust dit voicy venir mon heure
A laquelle mon Dieu ordonne que ie meure,
Car elle ne pouuoit accuser le grand soing
Qu'ils auront de l'ayder en ce dernier besoing.
Des selles sur la nuict de bile s'ecoulerent
Qui par vn lauement vn peu la soulagerent,
D'où vint que Riolan qui auoit promptement
Des le iour precedant escrit ce changement,
Aussi tost vn courier à Monseigneur renuoye,
Pour apres la douleur luy donner quelque ioye,
Qui a peine à Paris estoit il arriué
Tout ioyeux que son frere il auoit mieux trouué,
Cette lettre luy fut ennoncer la nouuelle
Que Madame est sens pouls et que c'est fait que d'elle.
Sans repos sans repas le bon seigneur repart,
Et de son frere chair desplaisant se depart,

F

Toute nuict en changeant de cheuaux de carosse
Auant iour à Anet il vient à toute force;
Ou auant qu'arriuer on le rendit ioyeux
Par vn second courier qu'elle se portoit mieux,
Ce qui luy adoucit la nouuelle mauuaise,
Et le fit acheuer son chemin plus à laise;
Arriué il s'approche & d'vn salut humain
Gemissant de ce mal il luy baise la main,
Elle luy dit tout bas. Monsieur n'ayant plus guere
A viure, ayez à gray ma volonté derniere,
Madame (respond il) elle m'est tant à gray
Que comme loy de Dieu à iamais ie l'auray,
Ayant la larme aux yeux saisy il se retire,
Fasché que par ces maux elle mouroit martire.
Il cogneut qu'au matin le soir n'estoit egal,
Au matin vn peu mieux, mais le soir plus de mal,
Vers l'aurore le chaut, sur le midy la glace;
Plus enfin tous ses maux ne la laissent en place:
Ne croyez plus que vienne vn chaqu'vn à son tour,
Le froid y est tousiours, au chaut plus de retour;
On a beau la hausser pour mieux qu'elle respire,
Donner vin, restaurent, d'heure en heure elle empire,
Ce qui sort de son corps ha telle puanteur

Qu'à tous ses aßistans il engloutit le cœur ,
Le hoquet luy ceßa, plus ne demànde à boire,
Elle reiette tout ; non faute de memoire,
L'eſprit demeurant ſain iuſqu'au reſpir dernier ,
Mais ceſt qu'il ne reſtoit en elle rien d'entier,
La pouriture eſtant toute parfaicte en elle,
Le feu ayant eſteint ſa chaleur naturelle,
Les parties du corps ne peuuent plus ſentir
Quand vn maraſme a peu la chaleur amortir.
Iuſques au Mercredy elle fut en angoiße,
Reſpirant tant plus haut que le grand feu la preße,
Iuſqu'à tant que ſon corps de long temps embraſé
Fut auec tous ſes ſens ſoubs la cendre acraſé.
Si ne peut il oſter le ſentiment de l'ame,
Tant l'amour de ſon Dieu la reſchauſe et renflame,
Car elle teſmoigna vn grand reſentiment,
Apprehendant de Dieu le dernier iugement.
De ces eſprits malins elle auoit quelque crainte,
Non pas que pour les voir elle en fiſt de la pleinte,
Car vn cerueau ſolide, vn eſprit genereux,
Ne ſe pleint point de voir ces eſprits tenebreux ;
Comme l'eſprit foiblet d'vne teſte legere
Peut dire eſtant troublé qu'il voit quelque megere:

F ij

Son cerueau fut si fort, quoy que tout le premier
Il euft efté battu, qu'il manqua le dernier;
Car IESVS MARIA qu'elle auoit en pensée,
Fut sa derniere voix en mourant prononcée.

FIN.

A MADAME
DE VENDOSME.

MADAME,

De crainte d'eſtre iuſtement accuſé d'auoir renouuellé vos cuiſantes douleurs qui commençoient à s'adoucir, & d'auoir retiré ſur vos yeux des ruiſſeaux de larmes qui ſembloient ſe tarir, par ceſte importune & deſplaiſante deſcription de mort, en vous repreſentant & remettant en memoire les violantes attaques & rudes ſecouſſes de tant de maux qui ont precipité au tombeau voſtre tant chere & honorée Dame & mere. Voicy que ie vous preſente vn certain Anodyn pour les appaiſer, & vn Collyre preſēt pour les deſſeicher,

lequel vous trouuerez volontiers autant
plaifant que le mal vous a efté aigu & fafcheux , & autant à gray que peuuent eftre
les confolations paffageres des vns & des
autres:C'eft, Madame, fa vie pour fa mort,
vie non fimple mais double,au Ciel & en
terre,non plus caduque & penible, mais immortelle,glorieufe & triõphante. Dieu promet que les ames des iuftes ferõt en fa main;
Et viuront encores en la memoire eternelle
de la pofterité. Or ie vous remarque fa iu-
ftice enuers Dieu & les hommes , és chofes
fpirituelles & têporelles,vertu qui contient
toutes les autres , fommairement depein-
tes en cet abregé, lefquelles pendant l'honneur que i'ay eu de l'affifter en fa maladie,
i'ay apprifes & colligées en conferant auec
fes fidels officiers & feruiteurs tefmoings
irreprochables de toutes fes actions,lefquels
pour ce qu'ils ne m'ont pas faict vn narré ex-
prés & premedité d'vne infinité de fes faicts
& dicts notables & heroïques tant moraux
que Chreftiens , auffi ont ils efté obmis &

laiſſez à vne plume plus polie & de la profeſ-
ſion requiſe, n'eſtant cet eſchantillon (indi-
gne de la lumiere pour n'eſtre elaboré
ſelon le merite du ſubiect) à autre fin que
pour vous teſmoigner l'affection que i'ay
de prendre la qualité d'eſtre à iamais,

MADAME,

Voſtre tres-humble ſeruiteur
BOVVARD.

SOMMAIRE
DE LA VIE DE FEV
MADAME LA DVCHESSE
DE MERCVEVR.

APRES que de son corps son ame fut sortie
Et que sa chaleur fut toute entiere amortie,
Monsieur se resolut auant que l'inhumer
De faire ouurir son corps et le faire enbaumer,
Et nous ayant enioint d'en faire l'ouuerture,
La verité parut de nostre coniecture:
Les costez du thorax au dedans retirez,
Retenoient ses poulmons vn petit trop serrez,
Qui rencontrans encor ceste chaleur esteinte
Peurent de son respir aider à la contrainte,
Mais son cœur ferme et sain point gros ny trop petit
Fit que l'ame plustost de son corps ne partit,
On ne trouua partie au bas ventre offensée,
Ny foye, ny boyaux, ny ratte interressée,
L'estomach, la vescie, ensemble l'amarry
Et tout le mesentere assez beau, rien poury:

G

Il n'y eut que les reins qui selon leur office
Ne pouuans tirer l'eau manquoient à leur seruice
Qui m'auoient asseuré dés mon premier abort
D'estre plus que bastans de luy causer la mort:
La graisse n'estoit plus sur leur propre tunique
Estant fondue au feu de ceste fieure hectique,
Leur chair toute mollasse & blafarde en couleur
Monstroit auoir esté rostie de chaleur,
Les incisant tous deux en leur superficie
On ouuroit maints abscez, chaqu'un en sa vescie,
Et comme le rasoir s'aduançoit au milieu
La bouë en ialißoit sortant de diuers lieu;
Le poußant plus auant il rencontre vne roche
Qui emousse son fil autant qu'il s'en approche;
L'eau doncques qui iadis aux deux reins s'escouloit
Et par les mammelons au baßins distilloit
Faute de retrouuer son ancien receptacle
Trouuoit passage clos et par tout de l'obstacle;
En bouë estans changez les mammelons charnus,
Et les baßins remplis de gros cailloux cornus,
Qui n'ayant plus d'egout par les deux vreteres
Et se meslant au sang des veines et arteres
Altera tout le corps; qui auec ces absces
Et ces cailloux crochus causerent son decez.

Cinq pierres en chaqu'vn, entr'autres vne groſſe
Eſtans en ces bâſſins comme dans vne foſſe,
Iointes à vn amas d'vn ichor ſanieux
Auoient ſes pauures reins empuantis tous deux:
Partant de tous ſes maux la cauſe fut cogneuë,
Et non moins ſagement la mort en fut preueuë:
Quand nature nous manque on ne peut plus trouuer
Par art aucun moyen qui nous puiſſe ſauuer:
Pluſtoſt elle feut morte au reflux de l'vrine
Sur ſon cerueau noyé, ſans la faueur diuine;
Car on ne trouue point qu'vn dormir de huiČt iours
Si profond, de la mort n'achemine le cours,
A ſoixante et deux ans en cauſe ſi contraire,
Si ce n'eſt par faueur de Dieu non ordinaire.
De faiČt nous faiſions peu auec noſtre ſecours,
Sinon qu'alors qu'à Dieu on auoit du recours.
Lequel ne nous donna ſur le mal auantage
Que lors qu'on nous cogneut auoir perdu courage,
Quand on a eſpuiſé tout le ſecours humain,
C'eſt lors qu'il veut monſtrer les effeČts de ſa main:
Biē qu'à toute heure il mõſtre en noſtre art ſes merueil-
Si agit il par foy par autres non pareilles;   (les,
N'eſtce pas grand miracle auoir veu ſon cerueau
HuiČt iours entiers perclus et tout eniuré d'eau,

G ij

D'où s'ensuit d'ordinaire ou forte apoplexie,
Ou quand elle est legere vne paralysie,
La raison, la memoire et les sens hebetez,
L'ame toute abestie en toutes facultez,
Neantmoins du depuis qu'elle en fut deliurée,
Et deßoubs le dur faix du sommeil retirée,
Iamais on ne la vit pour cela se moucher
Ny se plaindre de rheume, ou toußer ou cracher,
Le iugement bien sain, la raison bien notoire,
L'esprit bien aduisé, heureuse la memoire,
Et tels qu'estoient ses sens auant ce fort sommeil,
Chaqu'vn fut recogneu en force tout pareil,
Libre en ses mouuemens & ny eut plus de marque
Restée en son cerueau d'vne tant rude attaque?
Dieu voulut donc alors de mort la retirer,
Le reste de ses iours pour la faire endurer,
Et que pour peu de temps qui luy restoit à viure
Elle eust le cerueau sain, & la teste bien libre;
Außi qu'on l'apperceust porter patiemment
D'vn mal si importun la peine et le tourment,
Et quelle deuant luy obtint plus de merite
D'auoir tant enduré en sa fieure susdite,
De vray on n'en voit point qui ait tant enduré
De remedes, de maux sans auoir murmuré;

Son mal l'oppreßoit-il, elle eſtoit patiente,
Luy faiſoit-on douleur, elle en eſtoit contente,
D'vn potus purgatif faut il boire le fiel?
Ce luy eſtoit breuuage auſſi doux que le miel,
Faut il oſter du ſang qui iadis luy fit peine?
Elle donne ſon bras, elle monſtre ſa veine,
Faut il ſouffrir encor? touſiours elle dira;
Faicte ce que voudrez ou ce qu'il vous plaira;
Car elle auoit ſi peur à aucun de deplaire,
Que ce mot, s'il vous plaiſt, luy eſtoit ordinaire.
Iamais ne ſe pleignit ny de l'art, ny de nous,
Elle loüoit chaqu'vn et nous beniſſoit tous,
Elle eſtoit ſi traictable accorte & patiente,
Qu'elle ne fut de l'art ny de tous meſcontente;
Charlatans et Coureurs ne vinrent l'abuſer,
Iamais noſtre ſecours ne voulut refuſer,
Bien qu'elle a tout remede euſt de la repugnance,
Si faiſoit-elle en ſoy pour ſon Dieu violence,
Nos remedes ingrats, faſcheux & malfaiſans,
Inutiles, frequentes luy eſtoient bien plaiſans;
Quoy qu'ils fiſſent douleur penible et ennuyeuſe,
Iamais ne nous monſtra qu'elle luy fuſt faſcheuſe.
Sa raiſon toute ſeule obtenoit le vouloir,
La nature et les ſens n'auoient plus de pouuoir.

G iij

Aucun ne sçauroit pas en voir entre dix mille
Vne autre souffrir tant, aussi douce et facile:
Elle aymoit nostre Dieu d'vn si ardent amour
Qu'elle prioit sans cesse et de nuict & de iour:
Parlez luy du grand Dieu, de son fils, de Marie,
De quelque sainct ou saincte, elle est toute rauie.
Pour luy faire vn remede ou prendre l'aliment
Parlez luy de IESVS, elle faict librement:
A ceste ame pieuse on ne vit rien penible,
Au seul nom de IESVS tout luy estoit possible:
Faut il la decouper? vous n'auez rien sinon
Prononcer de MARIE ou de IESVS le nom:
N'attendez qu'elle fuye ou qu'elle vous controlle.
Tout ce qu'il vous plaira c'est tousiours sa parole.
Vne telle douceur, modestie & bonté
Luy estoit coustumiere aussi en sa santé,
Elle ne se faschoit de mal qu'on luy peust faire,
Tant elle auoit reglé son humeur debonnaire,
Telle en l'ame tousiours, tousiours egale à soy,
Le seul peché mettant son esprit en emoy;
Si quelqu'vn auec elle en traitant d'vne affaire
Luy sembloit mal content & vn peu en cholere,
Elle trouuoit moyens de le faire ranger,
Et ne dormoit iamais sans le faire changer,

Son esprit endurant vn merueilleux supplice
Iusqu'à tant qu'elle l'eust gaigné par artifice,
Vn animé contr'elle au coucher du Soleil
Ne luy pouuoit laisser le repos du sommeil;
Si qu'à vn mesme iour sa douceur debonnaire
Amortissant l'aigreur de sa iuste cholere
Rendoit les plus faschez si contans et ioyeux
Qu'ayans cogneu leur faute ils l'en honoroient mieux.
En ce monde elle auoit pour tout soing & pour terme,
Aymer Dieu plus que tout; autruy comme soy-mesme.
Lorsque petite elle eut l'vsage de raison,
On la voyoit à Dieu faire mainte oraison,
S'estant en plusieurs lieux basty des oratoires
Ornez de crucifix, saints tableaux & histoires;
Comme son corps en aage & grandeur accroissoit
Aussi en pieté son ame s'aduançoit,
Car quand ell'eut atteint l'aage d'adolescence,
Qu'elle eut plus de raison & plus de cognoissance
Voyant les protestans armez pour les debats
De leur creance, auoir les Eglises mis bas,
Comment, dit-elle, voir les Eglises destruites?
Et les maisons de Dieu en cet estat reduites?
Non, non, si ie le puis ie les rebastiray,
Et de leurs ornemens ie les regarniray,

Ou si ie n'ay moyen d'en faire d'aussi belles
Ny des temples si grands, ie feray des chappelles,
Des Conuents és maisons que i'ay en diuers lieu,
Remplis d'hommes zelez au seruice de Dieu.
Ou de filles qui soient de Dieu tant inspirées,
Que pour le mieux seruir se soient là retirées:
I'en bastiray les vns pour n'estre qu'habitez,
Et les autres seront de reuenus rentez,
Selon les veux diuers les vns veulent des rentes,
Les autres sur l'aumosne appuyent leurs attentes.
Ie ne puis pas à part comme ie le voudrois,
Deduire ses bienfaicts en mille et mille endroits,
Ny dire en ce lieu là elle a faict telle mise,
Elle a remis, renté ou orné telle Eglise,
Cet autel, cette vitre ou peinture elle a faict,
Ou bien ce pan de mur d'Eglise elle a refaict,
Ou que ces ornemens sont acheptez par elle,
Qu'elle a donné icy ou telle chose et telle;
Toute Eglise, et conuent que dans Paris on voit,
Tesmoignent ses bienfaicts autant quelle pouuoit,
Qui faict que ie ne veux par parcelle entreprendre
De conter tout le bien qu'elle a voulu dependre,
Ny mettre par escrit tous les œuures pieux
Qu'elle a faicts pour son Dieu en mille & mille lieux:

Et

Et n'ayant pas deſſein de chercher pour deſcrire
Tous ſes faicts en deſtail, il me ſuffit de dire
Seulement ce qu'on voit à l'œil dedans Paris
Et ailleurs eſleué en œuure de haut prix:
Les conuents des Chartreux et Minimes dans Nãtes
Sont baſtis de ſes biens et dotez de ſes rentes;
Celuy des Capuchins qui ne poſſedent rien
Y eſt auſſi baſty à graiſſe de ſon bien;
C'eſt auoir faict à Dieu des veux de grands ſeruices
D'auoir mis tant de bien en ſi grands edifices.
Mais qui dira la peine et l'or qu'à deuoré
Le Conuent du faubourg proche ſainct Honoré?
Qu'à couſté penſez vous ce grand clos qui enſerre
En vn tenant fermé tant de morceaux de terre?
Qu'elle peine, quel couſt, quel rigueur premier
Que de gaigner chaqu'vn en ſon particulier?
Combien faut il de tours çà et la qu'elle face
Auant que d'vn chaqu'vn elle obtienne la place?
Enfin ayant cogneu que de gré ny de beau
Aucun ne luy vouloit accorder ſon morçeau,
Et pour ce ſe voyant de ſon but eſloignée,
Remonſtra à la Cour par requeſte ſignée
Qu'elle acheptoit leur clos bien plus qu'il ne valoit
Et que pour prix quelqu'onque aucun ne le vouloit,

H

Arrest interuenu la Cour iuge et ordonne,
Que la iuste valeur de leur terre elle donne,
Selon l'estime faicte et le prix arresté
Par gens bien cognoissans du terroir la bonté:
La taxe à vn chaqu'vn tout present elle compte
Et le quart par dessus plus que le prix ne monte;
Qui les fit tous ioyeux d'auoir vendu si bien,
Car Dieu ayme celuy qui luy offre le sien;
Et qui presente à Dieu pour don & pour victime
Ce qui n'est point à soy Dieu, n'en faict point d'estime.
Or cela n'estoit rien au prix des bastimens
Qu'elle a faict la dedans à chaux et à ciments:
Qui bastit à Paris merite ne voir goute,
Afin de ne compter l'argent qui luy en couste,
Qui calcule & voit clair les frais d'vn bastiment
Il trouue qu'on dit vray quiconque bastit, ment.
Car pensant comme ailleurs bastir en ceste ville
Pour trente mil escus, elle en mit six vingts mille.
Or comme le propre est d'vn fidele Chrestien
De tout faire pour Dieu & de n'obmettre rien;
Dieu veut le bien entier, le demy n'est soluable,
Et qui peche en vn point il est de tout coulpable,
Les œuures du Chrestien accompagnent la foy,
Il met la main à l'œuure & opere de soy;

Elle donc au milieu de quantité d'affaires
Grandes en conſequence et du tout neceſſaires
N'obſeruoit moins de Dieu chaque commandement
Ny ceux la que l'Egliſe ordonne entierement;
Car auant ſon leuer elle faiſoit priere
Tenant la Croix en main que portoit la premiere.
Vn Capucin au camp du feu Duc de Merceur,
Qui le rendit des Turcs le foudre & le veinceur,
Et qui luy a donné des gloires immortelles,
Pour ſes vaillans exploits ſur tous les infideles;
Apres s'eſtre leuée au ſortir de ſon lict,
Ses filles luy ayans endoſſé ſon habit,
Se mettoit à genoux et ſignoit de la marque
De la croix, ou mourut Jeſus noſtre Monarque:
Dire ſes Chappelets c'eſtoit ſon premier ſoing,
Apres elle prenoit ſes heures en ſon poing,
Pour dire ſon office et priere vocale,
Puis elle ſe iettoit ſur l'oraiſon mentale;
Ce fait elle prenoit quelque heure de loiſir
Pour contenter ceux là qui en auoient deſir.
Car elle deſirant à vn chacun complaire
Pouuoit à tous auſſi promptement ſatisfaire,
Son eſprit n'eſtant point ny tardif ny peſant,
Ains à toute rencontre actif, vif, & preſant;

H ij

Et qui en vne affaire à d'autres difficile
Trouuoit l'expediant de la rendre facile :
Aussi comme i'ay dit son cerueau si parfaict,
Ne faisoit rien de soy qui ne fust tres bien faict.
Or l'heure ayant sonné de celebrer sa Messe
Elle quittoit tout là quelque affaire qui presse.
Au soir elle faisoit de mesme qu'au matin
Disant mainte priere en François et Latin,
Faisoit son examen entier de conscience,
Et des malfaicts ou dits bien rude penitence,
Sa Messe estant finie aussi ses oraisons,
Elle sçauoit le lieu ou estoient les pardons,
Et iamais ne tardoit qu'en toute diligence,
Elle n'y eust esté pour gaigner l'indulgence.
Ayant faict et fondé des filles vn Conuent
Dit de la passion, elle y entroit souuent
Afin de mieux vaquer aux affaires diuines,
Et de se recreer auec ses Capuchines,
Qui estoient de ieusner, prier deuotement,
Et seruir à son Dieu plus attentiuement,
De luy rendre en Chrestien tous deuoirs et offices,
Et de faire au dedans tous les saincts exercices,
Les ieusne, austeritez, mortifications
Et les veilles estans ses recreations.

Au retour elle estoit plus gaye de visage,
Et d'auoir enduré ne donnoit tesmoignage,
Tous les iours commandez en l'Eglise ieusnoit
Et tous les samedis du souper s'abstenoit,
Et les veilles des iours festez de nostre Dame,
Et des festes des saincts qu'on celebre et reclame,
Es ordres des trois saincts Benoist, Claire & François,
Elle y communioit & quatre fois le mois :
Et si quelqu'vn taschoit la destourner pour l'aage
De ieusner le karesme, elle disoit courage,
Il ny a plus qu'vn mois, ia tant de iours passez
Ne m'ont esté fascheux, i'ay des forces assez.
Car elle iouïssoit d'vne vigueur si saine
Qu'elle ne faisoit cas de trauail ny de peine.
Son corps bien composé ne redoutoit d'assaux
De froid, de chaud, de mal, de ieusnes, de trauaux,
Elle employoit beaucoup en aumosnes secrettes,
Et donnoit largement aux vesues en disettes.
Les filles a pouruoir, les orfelins honteux,
Mainte famille pauure & maints necessiteux,
En mille endroits de ville, aux champs & aux villages,
Pour viure, vestemens, langueurs et mariages,
Ont receu ses bienfaicts, l'vn par vn seruiteur,
Et l'autre receuoit par vn autre porteur,

Afin que son present donné par la main dextre
Ne vint en cognoissance à son autre senestre.
A raison qu'elle vsoit de tant de charité
Autant croissoient ses biens et sa felicité,
Celuyla et en terre & au Ciel thesorise
Qui aux pauures faict bien, et qui donne à l'Eglise.
En escus trente mil & non plus elle auoit
De rente chacun an, quand son mary viuoit,
Et ceste rente estoit encor bien engagée
Pour six cens mille escus, dont elle estoit chargée
Qu'ils auoient empruntez pour soustenir la foy
Es troubles esleuez contre le defunct Roy,
Mais on en a trouué quand elle est de partie
Plus de soixante et dix, et sa debte amortie.
De la Royne Louyse elle eut l'heredité,
Mais elle n'en fut mieux pour auoir herité,
Car elle la trouua morte si endebtée,
Qu'apres de tous costez qu'elle l'eut aquittée,
Au lieu d'y profiter on sçeut qu'elle perdoit,
Plus de vingt mille escus que son bien ne rendoit.
De tous les biens vendus ayant faict la recepte
Et n'ayant acquitté que quelque peu de debte
Elle prit ça & là en rente grands deniers,
Pour acquitter le deu aux autres creantiers:

Eux voyants la bonté de son ame loyale
Furent contans d'auoir leur somme principale,
Quittans quelque interest pour n'estre d'equité,
Qu'à perte de son bien elle eust tout aquité:
Les arrerages donc de l'année courante
Ils remirent pour ceux qu'elle deuoit de rente:
Mais elle qui craignoit que l'accort ne fust seur
Au repos de son ame, & de sa belle sœur,
Elle voulut payer iusqu'à vne iournée
Les arrerages deus de la susdite année
Et contant auec eux elle eut encores soing
De rembourcer leurs frais des voyages de loing.
Tant de bien elle acquit pendant son long veufage,
Par la grace de Dieu et de son bon menage,
Car elle n'auoit rien qu'ayant premier apris,
Que l'acquest ne pouuoit monter à plus haut pris,
Autrement elle l'eust encores faict reuendre,
Vne seconde foy premier que de le prendre.
Elle fist aussi voir tous les vieux monumens,
Tous les contracts d'acquests & tous les testamens,
Qui declaroient les biens, meubles & heritages,
Qui leur estoient escheus à tous deux en partage,
Elle fist visiter aussi tous les acquits
Pour sçauoir tous leurs biens comme ils estoient acquis,

Et si on trouueroit quelque fraude ou malice,
N'en voulant point auoir qu'au poix de la iustice.
On examina donc ceux de la parenté
Du feu Duc de Martigue, et pour l'autre costé
De son defunct mary on rechercha les tiltres
Des Ducs de Vaudemont, pour donner aux arbitres,
Pour voir si gages, dons, & legs des seruiteurs
Auroient esté payez par les executeurs,
Ou si en temps de guerre ou par mauuais menage
Les creanciers perdoient leur debte ou l'arrerage,
S'ils auroient point quitté partie du total
Ou l'arrerage deu, sauuants le principal.
En ce cas se trouuant quelque marque apparente
D'auoir quitté le don, ou la somme, ou la rente
A tous les heritiers elle faisoit sçauoir
Qu'ils eussent à venir compter et receuoir,
Si la fraude paroist, la somme est consignée,
Nonobstant qu'elle en eust la quittance signée,
Si de cas fortuit la raison se trouuoit
Qui la peust asseurer comme elle ne deuoit,
Comme prescriptions, ou bien le benefice
D'inuentaire, par la excusant la malice;
Les loix ayans fourny aux hommes ces moyens
Pour les rendre des biens soigneux et preuoyans,

Elle

Elle ne voulant point se couurir d'apparence,
N'aymant que l'equitté en faisoit recompence,
Si Messieurs ou le Clerc ou Gamache ou du Val
Consultez soupçonnoient y auoir quelque mal,
L'ayant faict estimer, pour argent quoy qu'il couste
Elle ostoit le soupçon et releuoit le doute.
Iamais de bien d'Eglise elle n'a eu support,
Quoy qu'aux grandes maisons il soit de grand raport
Iamais de benefice elle n'eut iouyssance,
Et iamais n'en voulut par don ny recompence,
Deux iumeaux rarement se peuuent ils nourir,
Sans que l'vn face l'autre en peu de temps mourir,
L'vn tout spirituel est au pauure, à l'Eglise,
L'autre tout temporel s'employe en toute mise;
L'vn on ne laisse point à la posterité,
L'autre se laisse aux siens en toute seureté,
Elle donc n'a laissé aucun bien à Madame,
Qui n'ait esté acquis en seureté de l'ame.
Elle auoit à Paris & par tout tel credit,
Qu'elle trouuoit argent si tost qu'elle auoit dit;
Nulle bourse n'estoit qui ne luy fust ouuerte,
Nulle somme n'estoit qui ne luy fust offerte.
Iadis vn chiquanneur la pressant de plaider
Et ayant eu conseil de ne luy point ceder,

I

Apres auoir gaigné par arrests et sentences
Contre luy les despens en toutes les instances,
Elle auoit telle peur quand tout fut terminé,
Des despens mal taxez, ou qu'il fut ruiné,
N'ayant en volonté que ny femme ny homme
Luy portast de ranqueur, qu'elle remit la somme
Qu'elle auoit contre luy de ses despens taxez,
Et craignant que ses biens il eust tous despensez,
Bien qu'il fust de raison que ceste tromperie
Retombast sur l'autheur de la chiquannerie;
Elle luy renuoya tout l'argent à peu pres
Qu'il auoit employé, et rembourça ses frais.
Seruir Dieu faire bien à tous sont ses delices
Voir les vices regner sont ses plus grands supplices:
Ce cœur tant liberal tout diuin et humain,
Amoureux de son Dieu charitable au prochain,
Qui doute à son Sauueur qu'il ne fust aggreable
Quand il prenoit son corps à sa diuine table?
Dieu ne s'arreste pas pour loger en vn cœur
S'il n'est ardent d'amour et exempt de ranqueur;
Faut pardonner à tous & à tous satisfaire,
Si l'on veut dignement à son Sauueur complaire.
Si de bien faire à tous estoient ses beaux obiects,
Iugez comme elle estoit enuers tous ses subiects,

Si qu'elqu'vn auoit eu en contr'eux quelque prise,
Qui les euſt offenſez, où vſé de main miſe,
Ou ſi quelque officier plus fin et plus ruſé
Euſt mal faict à quelqu'vn ou bien l'euſt abusé;
Si c'eſtoit vn des ſiens elle luy faiſoit faire
Son procez et punir d'vne amande exemplaire:
Si c'eſtoit iuge atteint d'vne concuſſion
Il eſtoit fort puny ſans ſa remiſſion,
Elle ne vouloit vendre en ſes terres d'office,
Les gens de bien eſtoient choiſis pour ſa iuſtice:
Et ſi en ceſte charge on trouuoit vn meſchant
Il en eſtoit demis & puny ſur le chant:
Car quel qui la ſeruiſt en qualité plus haute
Deuoit eſtre plus net de malice & de faute,
Quiconque luy faiſoit quelque fraude en ſeruant
Il n'eſtoit plus aymé apres comme deuant:
Iamais ne ſe ſeruoit ny auoit en eſtime
Le iuge ou ſeruiteur qui fuſt tombé en crime;
Les ſiens eſtans foulez par vn autre eſtranger
Elle taſchoit autant de le faire venger,
Car il faut quand on peut corriger vne offence,
Ou l'autheur impuny à vn autre repenſe:
Contre tous les meſchans elle auoit telle horreur
Qu'ils ne la pouuoiët voir ſans crainte et ſans terreur:

J ij

Elle ne pouuoit voir en ses gens aucun vice,
De paresse, d'orgueil, de couroux, d'auarice,
L'yurongne, le glouton, le paillard, l'enuieux,
N'estoit pas seruiteur supportable à ses yeux:
Non plus que celuy la qu'elle sçauoit perfide,
Larron, friand, menteur, iureur, ou homicide.
Elle prenoit plaisir de les voir espargner
Ce qu'ils pouuoient d'argent au bout de l'an gaigner,
Car la desbauche n'est en l'espargne et menage,
Pour ce elle les forçoit à conseruer leur gage:
Ainsi en sa maison elle n'auoit de peur,
Ny demeurant aucun qu'elle ne cogneust seur,
Aussi tost que quelqu'vn failloit en quelque sorte,
S'il ne se corrigoit aussi tost à la porte:
Or bien qu'entre ses gens n'y eust d'egalité,
L'vn estant plus que l'autre en charge et qualité,
Elle rendoit chacun si humble et debonnaire,
Que le grand du petit la charge vouloit faire,
Autrement si le grand au besoin refusoit
De faire librement ce qu'vn moindre faisoit,
Elle se presentant à le faire elle mesme
Luy changoit son orgueil en vne honte extreme:
Elle donc retenoit ses gens en se maintien,
De viure sainctement chacun en bon Chrestien,

La vertu a tousiours ceste grace presente
Qu'on sert & ayme ceux où elle est apparente;
Ainsi à son exemple vn chaqu'vn s'induisoit
A bien seruir son Dieu, ainsi qu'elle faisoit,
Tous aymans mieux mourir que de commettre offence,
Desagreable à Dieu contre leur conscience:
Vn chaqu'vn se monstroit à qui mieux l'aymeroit
Vn chaqu'vn s'efforçoit à qui la seruiroit:
Par aussy sa maison estoit vne musique
Faicte de bons accords de diuers domestique:
Tous estans auec elle officiers & seruants
Comme religieux reglez en leurs conuents;
Comme vn nouiciat ou comme vn seminaire
Ou chaqu'vn apprenoit à bien viure & bien faire:
Defaict elle en a eu plusieurs si enflammez
En cet amour diuin, qu'ils se sont enfermez
En conuents reformez, pour faire penitence,
Et viure a son exemple en estat d'innocence;
(Non pour auoir failly, ains affin d'empescher
Que le monde ou la chair ne la fissent pecher.
Et pour auoir de Dieu la saincte Eucharistie
Elle approchoit souuent de la sacree Hostie:)
De qu'elle affection, de quel soing et secours
Tous l'assisterent ils à la fin de ses iours?

I iij.

Comme penseriez-vous qu'elle fut bien seruie,
En vn mois qu'elle fut au dangers de sa vie?
Ce n'estoient que combats à qui l'approcheroit,
Ce n'estoient que debats à qui la veilleroit,
Ce n'estoient que souspirs, que regrets, que tristesse,
Que pleurs, de voir souffrir leur tant bonne maistresse.
Comme chaqu'vn l'aymoit pour sa grande bonté
Aussi respectoit-on sa grande humilité;
Car combien qu'elle fut tres illustre Princesse,
Ce n'estoit touttefois que douceur & simplesse,
Son ame receuoit vn plaisir merueilleux
D'abaisser le sourcil d'vn esprit orgueilleux;
Les Dames de la Cour la cognoissoient l'vnique
Pour mener en ce monde vne vie Angelique;
Car elle qui sçauoit qu'on ne voit rien en cour,
Que vanité, fort peu elle y faisoit seiour;
Mais quand elle y venoit, ny Dame ny Princesse
Hors le sang, n'eust ozé contester sa hautesse;
Car estant de l'estoc de l'illustre maison
De Luxambourg, chaqu'vn luy cedoit par raison;
D'où ont esté tirez tant d'Empereurs sublimes,
Tant de Papes sacrez, tant de Roys magnanimes;
Autrement si quelqu'vn eust feinct ne la voir pas,
Ou bien la cognoissant n'en eust pas faict de cas,

De son port magistral & de sa bonne mine,
Cachez dessoubs l'habit d'vne simple estamine,
D'vne voix à haut ton, et d'vn parler nerueux,
Elle l'eut fait trembler iusque dans les cheueux.
Elle auoit bien auant empraint dedans sa face,
Vne force & vertu de renuerser l'audace:
Voulant monstrer aux grands que Dieu estime mieux
Vn pauure humilié qu'vn grand audacieux;
Que deuant nostre Dieu la qualité ne donne
Ny grace, ny faueur a aucune personne;
Elle ne tenoit point de rang ny qualité
Que lors qu'vn grand blasmoit sa grande humilité;
Car alors de petitte et de simple abaissée,
Marchant d'vn graue pas & la teste haussée,
Par sa vie, parole, origine et candeur,
Elle leur monstroit bien quelle estoit sa grandeur,
Ce n'est pas qu'elle en fist pour tout cela grand conte
Que pour faire rougir les superbes de honte,
Lesquels n'auoient moyen de se pouuoir venter,
Comme elle qui en tout les pouuoit surmonter.
Quand, s'il falloit paroistre en Princesse honorable,
Ou faire vne despence à son rang conuenable,
Comme faire & fonder tant de Conuents nouueaux,
Comme d'edifier tant d'Hostels & Chasteaux,

Comme à son feu mary tant de pompes funebres,
En Allemagne, en France, & ailleurs si celebres,
Comme pour des Anets superbes acquerir,
Comme pour ses petits faire instruire et nourrir,
Comme aux pauures vser de charité Royale,
Comme à ses seruiteurs estre en legs liberale,
Comme auoir à Monsieur, à Madame, et aux siens,
Laisse tant d'or d'argent, de terres et de biens,
Qui est celuy en Cour qui la pouuoit ensuiure,
Et á qui son habit ne monstrast à mieux viure?
Qui est-ce qui pouuoit en pouuoir l'imiter?
Qui est-ce qui pouuoit en grandeur la heurter?
Mais en Cour on s'exalte et on faict bonne mine,
Et elle en s'abaissant tout simplement chemine;
En Cour on quitte Dieu & la religion:
Elle n'ayme que Dieu & que sa passion;
A la Cour prier Dieu c'est estre trop bigotte;
Et elle n'a plaisir que d'estre fort deuote
A la Cour c'est esprit de tromper en flattant;
Elle tient sa parole et paye tout contant;
A la Cour point d'effect il suffit qu'on Cajole;
Elle a beaucoup d'effect et fort peu de parole;
En Cour l'ambition, le vent, la vanité;
En elle rien que bon, que vray, que pieté;

En

En Cour, jeu, bal, amour, desbauche, luxe, enuie,
En elle seruir Dieu c'est l'ebat de sa vie,
Son bal est d'ecouter en l'Eglise le son
Des orgues, ou le chant des voix, ou le sermon:
Quand elle est de retour en sa chambre seulette
C'est lors qu'auec son Dieu de l'amour elle traicte,
Sa desbauche est d'aller en voyage par foy,
Menant ou Capuchins ou Fueillans auec soy,
Affin qu'ayans prié & celebré la Messe,
Elle y recoiue Dieu ou y aille à confesse.
Son enuie a esté ne laisser rien passer
Pour pouuoir les meilleurs encore outrepasser.
Son grand luxe en habits n'estoit que l'estamine,
La futaine paroit son lict et sa courtine;
Son meuble n'estoit point enrichy de velours,
La natte dans sa chambre estoit pour ses atours
Disant ie ne veux pas que ma chambre on garnisse.
Le seul lambris de bois me sert de haulte lisse.
Pour demeure plus quoye elle auoit son depart
En vn petit logis hors l'Hostel à l'ecart,
Laissant de son Chasteau toutte chambre garnie
D'or, d'azur, de peinture & de tapisserie,
De meuble pretieux, & maint esquis tableau,
Trouuant d'vn petit lieu le naturel plus beau:

K

Son oratoire faict aupres de sa demeure,
Ou elle prioit Dieu soir matin à toute heure,
Luy estoit plus plaisant, plus beau, plus gratieux,
Que meuble, or ou azur de tous ses autres lieux:
C'estoit la ou auec quelque autre bonne Dame
Elle passoit son temps & repaissoit son ame,
Soit affin d'estre là hors le bruit en repos,
Pour mieux s'entretenir sur quelque sainct propos;
Soit qu'elle fissent là leur pose iournaliere,
Pour vaquer sans detour chacun à sa priere;
Soit qu'elles l'eussent la quelque liure pieux,
Pour auoir le courage à tousiours faire mieux:
Elle estant de retour soignoit a son menage,
Prenant l'eguille en main, sa soye et son ouurage,
De trauailler en tout elle y prenoit plaisir,
Et ne vouloit point voir ses femmes de loisir
Et outre leur besogne elle leur faisoit lire,
Vn liure, à seruir Dieu qui les pousse et attire;
Ou elle leur faisoit quelque belle leçon,
Ou les faisoit chanter quelque saincte chanson;
Donc son ieu, bal, amour, desbauche, luxe, enuie,
C'estoit ceux que i'ay dit les plaisirs de sa vie:
Car elle ne cherchoit de plaisirs icy bas,
C'estoit auec son Dieu qu'estoient tous ces esbas.

Fut elle esmeuë en rien laissant sa fille vnique?
Ou ses petits enfans de Vendosme & Martigue?
Ou Seigneurs, ou parens, ou amis, ou les siens?
Ou grandeurs, ou thresors, ou meubles, ou ses biens?
Non, car voyant sa fin elle fist aparoistre,
Qu'vn seruiteur de Dieu ne recognoit qu'vn maistre:
Que l'amour sainct et vray ne se diuise point ;
Qu'il nous faut tendre à Dieu, côme à nostre seul point.
Ceste Dame de corps & d'ame si bien née,
En sa vie monstra estre predestinée;
Et en ce qu'elle a faict vne si belle fin;
Car qui s'adonne entier a cet amour diuin,
Et ne pert point de temps de rendre à Dieu seruice,
Dieu iusques à la fin luy demeure propice,
Et comble de faueurs quiconque est si humain,
De rendre pour du mal du bien à son prochain:
Et pour ce qu'elle estoit toute bonne sans feinte,
Tout le monde la tient estre au ciel vne saincte;
Car desia tout le peuple alors quelle viuoit,
Pour Dame bien heureuse & saincte la tenoit,
Des soldats se sont veus venir à penitence,
Ayans blasphemé Dieu vn iour en sa presence;
Femmes sans la cognoistre à la procession
La pressans, ont esté luy requerir pardon,

K ij

Celles cy & ceux là estans en grande alarme,
D'auoir failly deuant vne si saincte Dame;
Quiconque pour bien viure est du peuple estimé
N'est il pas dit aussi qu'il est de Dieu aymé?
Ceux-là pour leurs vertus que l'on honore & ayme
C'est signe deuant Dieu que tout en va de mesme,
Et c'est ainsi qu'il faut interpreter le lieu,
Que la voix du peuple est aussi la voix de Dieu.
Qui voudroit prendre temps de mettre par memoire
De sa vie passée & de sa mort l'histoire,
S'il vouloit rien n'obmettre il n'auroit iamais faict,
Aussi que n'estant pas matiere de mon faict,
Me suffit pour seruir de notable exemplaire,
De sa mort, de sa vie auoir faict le sommaire;
Qui est pendant le temps de son mal que i'ay peu
Apprendre de ses gens & tout ce que i'ay veu:
Vn autre qui aura plus de loisir pourchasse
Tous ses beaux faicts passez auec meilleure grace,
C'est vn digne subiect d'vn grand predicateur,
Et l'employ de l'esprit d'vn facond orateur:
Je cheriray celuy sans luy porter d'enuie
Qui aura mieux d'escrit vne si belle vie,
Or auant que son corps fust mis dans le cercueil,
Cependant qu'on paroit son carosse de dueil,

Reuestu dans son lict d'habit de Capuchine,
Il sembloit ja luisant de la gloire diuine;
En sorte que le peuple accouroit de dehors
Autant pour adorer que regarder ce corps;
Lequel en cet habit fut enclos en sa biere,
Et à Paris porté dans sa noire litiere;
Ses confesseurs aupres, sçauoir vn Capuchin
A l'vn de ses costez, à l'autre vn Iacobin,
Tout alentour estoit bon nombre de noblesse,
Et nous autre aprez, tous saisis de tristesse:
Aux Capuchines fut ce corps mis en depos
Ou soubs leur grand Autel ils gist en son repos:
Prions nostre Seigneur qu'il nous face la grace
Que dans son Paradis auec elle il nous place.

F I N.